Sabrina Rehrl

Out of Freilassing

Abenteuer des Katers Luke

www.tredition.de

1. Auflage 2021
Fotos wurden entnommen aus der öffentlichen Facebook-Gruppe „Du kommst aus Freilassing wenn du" www.facebook.com/groups/836265380179905/

Verlag und Druck:
tredition GmbH, Halenreie 40-44, 22359 Hamburg

ISBN
Paperback: 978-3-347-37364-8
Hardcover: 978-3-347-37365-5
e-Book: 978-3-347-37366-2

Inhalt

Kapitel 1 –
Wer ich bin und wo ich herkomme

Wer kennt mich noch nicht? Aber den Bahnhof kennt ihr bestimmt. Und genau da komme ich her. Das ist sozusagen mein Zweitwohnsitz. Dann stelle ich mich am besten erst einmal vor. Ich bin Luke. Besser bekannt als der „Bahnhofstiger" von Freilassing.

Viele denken, ich sei ein herrenloser Streuner. Das stimmt aber nicht, denn ich sehe den Bahnhof als meinen Zweitwohnsitz. Ich liebe das rege Treiben, was ich von meinem Lieblingsplatz am Fenster der Wartehalle des Bahnhofes beobachten kann.

Ich bin keine heilige Birma oder Perserkatze, mein Fell ist schwarz-weiß gefleckt, etwas stumpf und struppig. Und seitdem ich von einem Auto angefahren wurde, sind meine Knochen auch nicht mehr die jüngsten.

Ich habe hier viele Freunde gefunden, die immer ein Leckerli für mich parat haben. Wie Ihr Euch sicher denken könnt, ist hier immer etwas los und unter besonderen Umständen, habe ich schon sehr viele Abenteuer erlebt, da wird so manche Hauskatze vor Neid erblassen.

Ja, und mein Frauchen? So etwas habe ich natürlich auch, sie ist ganz lieb, aber die geht lieber ihren Weg. Manchmal ist es ihr auch nicht ganz geheuer, dass man so viel Wirbel um meine Abenteuer macht. Und ich als Bahnhofstiger Luke möchte am liebsten hier mein Leben genießen.

Das ist mein Stammplatz

Kapitel 2 –
Mein Bahnhof, da bin ich fast dahoam

Ich wohne nicht weit vom Bahnhof entfernt. Die Stadt Freilassing hat ungefähr 17.000 Einwohner und mich als „Bahnhofstiger".

Es ist ein kleiner Bahnhof. Großstädte wie München mag ich nicht. Dort wäre es mir am Bahnhof auch viel zu laut und die „Konkurrenz" durch andere Kater viel zu hoch. Hier aber ist alles überschaubar. Ein Döner-Kebap Laden, ein Servicecenter der Deutschen Bahn und ein Kiosk mit einer kleinen Bahnhofsbuchhandlung in der Wartehalle. Das reicht mir, das ist meine kleine Welt.

Es befinden sich Wartebänke neben meinem Stammplatz, eine große Glasfront am Fenster. Hier unterhalte ich Reisende, ja, vertreibe sogar den wartenden Zuggästen nicht selten die Wartezeit. Ich nenne deshalb meinen Platz im Bahnhof auch gerne „Lukes Therapiebank". Mir bekannte Menschen sind da, oder auch ganz unbekannte Leute, die ich zum ersten Mal sehe. Sie schlürfen Ihren Kaffee und plaudern mit mir. Ich bin fast jeden Tag pünktlich um 6:00 Uhr hier. Eine freundliche Stimme begrüßt mich, es ist die Deutsche Bahn Mitarbeiterin. Wir zwei sind meistens die ersten, obwohl ich meinen Lebensunterhalt nicht verdienen muss und mich gerne verwöhnen lasse.

Doch ein Katzenalltag ist ganz schön stressig und auch nicht ganz ungefährlich. Nachdem ich zu meinem beheizten Logenplatz am Fenster gegangen bin, mache ich ein Nickerchen und döse etwas ein. Die wohlige Wärme macht mich müde. Aber herrlich ist diese Ruhe! Die Sonne, wenn sie in die Bahnhofshalle scheint, kitzelt meine Schnurrhaare. Plötzlich dröhnt es aus dem Lautsprecher. „An Gleis 4 fährt ein RE 5 Richtung München".

Vorbei ist es mit meinem Nickerchen. Ich bin wach.

Mittlerweile hat „mein" Personal mir Futter in meine Näpfe aufgefüllt. Erstmal fressen. Schnell bin ich satt und schnurre zufrieden. Nun ist es Zeit für meinen Verdauungsspaziergang.

Ich versuche, Gleis 1 zu vermeiden. Das ist mir irgendwie zu gefährlich da. Dennoch gehe ich nach einiger Zeit des Wartens und vorsichtigen Umschauens gemütlich über die Gleise: „no risk, no Cat".

Ich kenne mich am Bahnhof gut aus, aber nach dem Weg hat mich hier noch niemand gefragt.

Meine Freunde treffe ich täglich, das Zugpersonal und auch die Polizisten, die am Bahnhof ihren Dienst tun. Neuerdings haben die Polizisten eine Maske auf. Sie sehen komisch damit aus. Ich bin froh, dass ich nicht so einen Stoffmaulkorb tragen muss.

Noch ein paar Streicheleinheiten tun mir jetzt gut. Ich bin kurz davor zur Sparda Bank gelaufen, die sich nebenan befindet, einfach, um mal reinzuschauen. Heute habe ich aber keine Lust, Geld zu zählen oder Münzen zu beschnuppern. Ich bin wieder müde.

Vielleicht hat mir mein Freund vom Kiosk, aufmerksam wie er immer ist, meinen Napf mit Dönerfleisch aufgefüllt. Er weiß, wie ich es mag, ohne Zwiebeln und ohne Soße, nicht scharf. Aber: Mein Napf ist heute leer.

Der Service hier wird auch immer schlechter. Hungrig gehe ich zu meinem Stammplatz zurück.

Ich beobachte weiter das bunte Treiben rund um den Bahnhof. Plötzlich mache ich eine Entdeckung. Ein weißer Lieferwagen mit einem überdimensionalen Grillspieß, der seitlich auf dem Lieferwagen als Foto angebracht ist, hält gegenüber vom Bahnhof an. Wie das duftet. Der Duft zieht mich neugierig schnuppernd an.

Einige Männer laden noch weitere Kisten in den Lieferwagen. Ich stehe auf und sehe, wie sich die Automatiktür öffnet. Ich überquere bedacht die Straßenseite zum Lieferwagen. Der Duft hängt wie eine Duftwolke in der Luft. Ich schnurre.

Ich schlecke schon mein Mäulchen und mit einem Sprung bin ich im Lieferwagen drin.

Kapitel 3 –
Bayernspritztour von Freilassing
nach München

Ja, und dann, was ist das? Ich verstecke mich hinter einer der Kisten, die die Männer in den Lieferwagen transportiert haben. Ich höre auf einmal Männerstimmen. Plötzlich ein lauter Knall, und es wird dunkel.

Nun merke ich, wie der Transporter anfängt zu rollen. Ich fange an, laut zu miauen, aber keiner hört mich. Hilfe! Ich bin eingesperrt, springe in die Kisten.

Es ist zwar ein Paradies, als Katze umgeben von Dönerfleisch zu sein, aber eingesperrt? Das muss nicht sein. Deshalb hält sich mein anfänglicher Hunger schlagartig in Grenzen. Ich bin eingesperrt, wie komme ich hier wieder raus? Die Aufregung macht mich ganz müde.

Wir fahren nun schon eine ganze Weile. Die Angst hat sich wieder gelegt und ist der Neugier gewichen. Und ich denke mir einfach, warte ab, was kommt. Plötzlich spüre ich einen Ruck und der Motor des Wagens geht aus. Ich höre geschäftiges Treiben am Führerhaus. Nichtsahnend öffnet der Fahrer des Wagens die Tür. Es wird hell. Ich miaue laut und wir beide schauen uns fragwürdig mit großen Augen an. Der Mann sprach: „Ja um Himmels Willen, was machst du denn hier?"

Ich denke mir bloß, glaube jetzt ja nicht, dass ich Teil der Lieferung bin. Ich habe nämlich mal von einem

Zuggast erfahren, dass in manchen Ländern, Katzen auf der Speisekarte stehen. Ich bin aber keine Delikatesse und will es auch nicht werden!

Ich bin erleichtert, als der freundliche Mann zu mir sagt: „Du kommst erstmal aus dem Wagen raus und mit zu mir nach Hause, dann sehen wir weiter."

Ich bin einverstanden. Natürlich, Hauptsache wieder Futter und nicht mehr eingesperrt.

Kapitel 4 –
Hundeschreck und eine neue Freundin

Wir sind in der Wohnung der Familie des Lieferanten angekommen. Ich werde schon freudig erwartet. Eine freundliche Familie mit zwei Kindern und einem Huuuund! Grrr.

Ich stelle mich direkt in Abwehrhaltung. Ich mache einen Katzenbuckel, und meine struppigen Fellhaare stellen sich auf. Ich fauche laut. Mit einem Hund habe ich nicht gerechnet. Die Tochter der freundlichen Familie bringt mich direkt in ihr Zimmer und schließt die Tür hinter sich ab.

Sie lädt mich in Ihr Bett ein und schmiegt sich an mich und flüstert leise in meine Katzenohren „alles wird gut", du musst keine Angst haben. So langsam beruhige ich mich wieder. Hier kann man es aushalten. Ich fange an zu schnurren.

Es könnte mir schlechter gehen, schließlich hätten die für mich fremden Menschen mich auch einfach irgendwo aussetzen können. Dennoch bin ich traurig gestimmt. Denn ich vermisse mein Frauchen, und am Bahnhof macht man sich bestimmt auch schon Sorgen um mich. Luke so lange weg? Hoffentlich ist ihm nichts passiert, werden die Leute sich fragen.

Aber erstmal genieße ich die Streicheleinheiten. Und ich bin schon sehr müde, denn was für ein aufregender Tag das war!

Plötzlich kommt nochmal der Familienvater ins Zimmer. Er spricht zu mir: „So, so, Luke ist Dein Name, habe ich erfahren." Meine neue Freundin fragt neugierig: „Dürfen wir Luke behalten? Papa bitte?"

„Mein Kind, das geht leider nicht." Der Vater meiner neuen Kuschel-Freundin sagt ihr: „Ich habe meinen Geschäftspartner in Freilassing erreicht und er meinte, Luke gehört nach Freilassing, und seine Besitzerin ist schon ausfindig gemacht worden."

„Heute Nacht bleibst du aber noch hier, Luke. Morgen früh habe ich beruflich einen Termin in Burghausen. Dein Frauchen kann dich dort leider am Vormittag nicht abholen, aber dank Deiner großen Fangemeinde auf Facebook, wird Dich in Burghausen eine liebe Dame mit nach Freilassing nehmen."

„Mach Dir keine Sorgen, morgen bist Du wieder zu Hause." Gute Nacht.

Ich maunze erleichtert, allerdings was ist dieses „Facebook"? Kann man das essen? Fragen über Fragen, ich schlafe erschöpft ein. Ich träume von meinem großen Abenteuer. Schnurr, schnurr.

Kapitel 5 –
Ab, nachhause!

Ich bin schon lange wach und aufgeregt. Wenig später kommt der Vater meiner Kuschel-Freundin ins Zimmer herein.

„Guten Morgen, wir müssen gleich losfahren, Luke." Er gibt der Tochter die Anweisung, mich in eine Transportbox zu stecken.

Vorher verabschieden wir uns herzlich. Meine neue Freundin weint. Sie ist ganz traurig, dass ich gehen muss. Auch ich bin irgendwie traurig, diese freundliche Familie verlassen zu müssen. Aber auf der anderen Seite gehöre ich nun mal nach Freilassing, auf „meinen" Bahnhof. Und dort habe ich recht viel zu erledigen.

Mein Frauchen wird bei meiner Rückkehr am Bahnhof auf mich warten. Und bestimmt werden auch schon ein paar andere Leute sehnsüchtig auf mich warten.

Heute darf ich im Auto auf dem Beifahrersitz vorne Platz nehmen. Das finde ich toll, denn da habe ich viel zu beobachten.

Wir fahren los. Ich bekomme gesagt, dass ich in Burghausen von einer lieben Dame mitgenommen werden würde nach Freilassing. Facebook sei Dank! Facebook?

Was ist bloß dieses Facebook und warum interessieren sich die Leute für mich? Ich soll dort schon bekannt sein, wie eine bunter Hund beziehungsweise ein bunter Kater, ohne, dass ich davon weiß oder viel dafür machen muss. Herrlich dieser Gedanke! Man muss nur Kater sein und gekonnt von sich reden machen, denke ich mir. In Windeseile wird das dann elektronisch mitgeteilt, und schon ist man bekannt. So einfach ist das.

Es sollte ein „Catbook" geben, wobei mich natürlich besonders die weiblichen Artgenossen interessieren würden …

Wir fahren an vielen Autos und Häusern vorbei. Berge und Wiesen. Ich genieße meine Spritztour. Wir sind endlich in Burghausen angekommen, wo die Übergabe stattfinden soll.

Eine schrille Stimme einer jungen Dame dröhnt in meinen Katzenohren. Sie redet mit mir, als würden wir uns schon lange kennen. Es klingt wie eine Mischung aus Erleichterung und Besorgnis.

Wir fahren endlich los. Meine Fahrerin schaltet das Autoradio an und beginnt mitzusingen. Ich stelle mich schlafend. Ich freue mich einfach nur auf mein Zuhause und mein Frauchen.

Wir sind endlich in Freilassing angekommen. Die Geräusche sind vertraut. Das Anfahren der Züge, die Geräusche der Bremsen, das kommt mir alles vertraut vor. Zu Hause werde ich schon freudig empfangen. „Luki was machst Du denn für Sachen?" Mein

Frauchen drückt mich fest an sich und streichelt mich. Ich schnurre erleichtert.

Was war das für eine tolle Spritztour durch Bayern, und aufregend zudem. Aber heute bleibe ich erstmal zu Hause, putze mich ein bisschen. Der Bahnhof kann bis morgen warten.

Kapitel 6 –
Mein Unfall: noch mal Glück gehabt

Ich kann die Aufregung um meine Person überhaupt nicht verstehen, aber ich muss zugeben, es schmeichelt mir. Ich werde heute am Bahnhof wie die Göttin Bastet empfangen.

Alle sind erleichtert, mich wohlerhalten wieder zu sehen. Ich werde freundlich angesprochen und, kein Scherz, jeder hat heute für mich ein extra Leckerli parat. Sogar mein Napf mit Dönerfleisch ist gefüllt.

Wenn ich das früher gewusst hätte …. Vielleicht sollte ich in Zukunft öfter solche Spritztouren machen. Pardon, Ausflüge. Miau!

Vor ungefähr drei Monaten, hat die Sache noch ganz anders ausgesehen, denn wer hätte das gedacht, dass ich das noch erlebe.

Die Rede ist von meinem schweren Autounfall. Eigentlich wollte ich das aus meinem Gedächtnis streichen. Einfach alles vergessen. Man hätte mich an dem Tag umbenennen sollen, von Luke auf Lucky!

Es war ein sommerlicher Tag. ich merkte morgens schon, dass ich heute mit der falschen Samtpfote aufgestanden bin. Meine Lustlosigkeit an diesem Tag trieb mich deshalb auch nicht zum Bahnhof hin, sondern in Richtung einer Nebenstraße.

Das ist nur ein Steinwurf vom Bahnhof entfernt und nichts Unübliches für mich, dass ich in dieser Richtung ab und an laufe. So wirklich kann ich mich nicht mehr erinnern, das Einzige was ich noch weiß, ist, dass ich auf der gegenüberliegenden Straßenseite eine Maus fangen wollte. Die Maus sehen und ein gewaltiger Satz war eins. Ich hatte ab da einen „Blackout", war einfach weg.

Ich erwachte in einem grellen sterilen Zimmer. Um mich herum zwei hübsche Damen in grünen OP- Kitteln. Die Tierärztin erzählte mir, dass ich verdammtes Glück gehabt hätte. Ich wurde angefahren und der Fahrer des Wagens begann Fahrerflucht. Nur durch die schnelle zufällige Hilfe herbeigelaufener Passanten habe ich überlebt.

Ich wurde am Gaumen unter Vollnarkose operiert. Als ich in den Spiegel sah, dachte ich, mein Schwein pfeift. Mein linkes Auge war hervorgequollen, ich sah aus, wie Quasimodo oder bei dem Film mit Will Smith, the Date Doctor, nur, dass ich mit dem Auge wohl eher keine Miezi mehr abbekomme.

Zu meiner Erleichterung war es nur vorübergehend, Hämatom nennen die Menschen diese Verunstaltung. Puh, was für eine Erleichterung zu wissen, dass es wieder besser würde.

Ich wurde von meinem Frauchen abgeholt und wir fuhren nach Hause.

Mein Frauchen tröstete mich und sagte zu mir „Luki, du hast wirklich sieben Leben, aber mir reicht es jetzt erstmal mit der Aufregung." Ich miaute.

Ich erholte mich die nächsten Tage zu Hause, von meinen Schmerzen und meinem Schock.

Kapitel 7 –
Mein Revier:
kein Tabu vorm Baumarkt

Ich halte mich nicht nur am Bahnhof auf. Manchmal ist mir der ganze Trubel um meine Person zu viel. In der Nähe des Bahnhofes gibt es auch einen Baumarkt. Da hereinzukommen, ist ganz einfach. Und weil ich so klein bin, sieht mich ja so schnell auch keiner.

Dort verstecke ich mich oft oben in den Regalen und beobachte die Menschen. Dort verbleibe ich oft stundenlang.

Danach mache ich oft einen Abstecher in ein Bürogebäude. Dort wurde mir auch schon ein Schlafplatz eingerichtet. Schön, dass man so liebe Freunde hat, zwar keine Fellfreunde, aber die sind mir eh oft viel zu eifersüchtig.

Auf einiges könnte ich allerdings auch verzichten. Letztens wurde versehentlich mal wieder das Tierheim kontaktiert. Es soll ja noch Menschen geben, die mich noch nicht kennen und mich für einen herrenlosen Streuner halten.

Ich bin gerne hier, am Bahnhof und ein freiwilliger Streuner. Seitdem die Begebenheit mit dem Tierheim war, hat die liebe Deutsche Bahn Mitarbeiterin einen Zettel an die Bahnhofstür gehängt mit dem Hinweis, dass doch bitte das Tierheim nicht mehr angerufen wird, ich würde einfach zum Bahnhof gehören.

Seitdem ist es in Bezug auf die Anrufe schon besser geworden. Auch dank meiner vielen „Fans" auf Facebook, was ich schon mal sagte.

Wie die Gegensätze im Leben so spielen, manche haben Mitleid mit mir und wollen mich in Sicherheit bringen, manche legen mir einen Mitternachtssnack a la „Mexican Cat" vor der Bahnhofstür hin. Eigentlich wollte ich mich schon auf den Rücken werfen und laut lachen.

Da lag eine Thunfischdose mit Mais und Bohnen. Es fehlte nur noch das Besteck dazu. Ich bin doch nicht Karl Lagerfelds Katze Choupette! Oder esse mit Besteck ….

Mein Frauchen ist auch nicht immer so begeistert, wenn ich so verwöhnt werde. Sie hat Bedenken, dass ich eines Tages gar nicht mehr heim komme. Ich lasse sie mal in dem Glauben, denn so gibt es immer mein Lieblingsfutter von Whiskas zu Hause.

Wie heißt es so schön, Katzen würden Whiskas kaufen oder Döner! Miau.

So werde ich im Bahnhof verwöhnt.

Kapitel 8 –
Mich ins Auto zerren:
so einfach geht das nicht

Heute ist wieder einer dieser Tage, da wäre ich lieber zu Hause auf meinem Katzenbaum geblieben.

Der Morgen fing ganz normal an. Ich habe die Haustüre gemeinsam mit meinem Frauchen verlassen. Ich bin an diesem Morgen nicht direkt zum Bahnhof gelaufen.

Als ob ich schon eine Vorahnung gehabt hätte. Ich treibe mich sonst auch oft auf einem Spielplatz in meiner Gegend rum, so wie an diesem Tag.

Gegen Mittag überkam mich mein Hungergefühl, und ich machte mich auf dem Weg zum Bahnhof.

Ich nahm wie immer die Abkürzung entlang der Gleise, an der Bank und an der Polizeiwache vorbei und kam schließlich an die Wartehalle vom Bahnhof. Da passierte es: ein Auto bremste plötzlich und hielt an. Eine mir unbekannte Frau stieg hastig aus, lief um das Auto herum, packte mich und setzte mich auf den Beifahrersitz.

Ich dachte mir nichts Böses und so schnell konnte ich gar nicht schauen, geschweige miauen, da befand ich mich mitten in diesem Fahrzeug der unbekannten Frau.

Ich streckte mich mit den Vorderpfoten auf das Cockpit. Eigentlich wollte ich miauen, bekam aber keinen

Ton heraus. Was ist bloß los? Angst überkam mich, und ein leises Maunzen war unüberhörbar. Mich so mitnehmen? So einfach geht das nicht, schon gar nicht, wenn man so rabiat mit mir umgeht, wie diese Frau.

Vielleicht hoffte sie auf ein Lösegeld oder Finderlohn, weil sie mich gefunden hätte. Doch da musste ich sie leider enttäuschen, denn bei mir ist nichts zu holen. Mal ganz ehrlich, wäre ich jetzt Karl Lagerfelds Katze, dann könnte ich es ja noch verstehen, aber bei mir lohnt es sich nun wirklich nicht. Die Frau machte auch keine Anstalten, mit mir lieb zu reden oder mir ihre Absichten zu verraten.

Der Motor ging an und wir fuhren los. Geht es etwa ins Tierheim? Panik kam auf, bloß das nicht. Ich sehe jetzt nun wirklich nicht unterernährt oder verwahrlost aus, eher wie Garfield, nur in schwarz-weiß.

Plötzlich halten wir an. Wir sind nicht lange Auto gefahren, deshalb glaube ich, dass wir uns noch in Freilassing befanden. Der Motor geht aus und die Tür wird von der Dame geöffnet.

Mit einem großen Sprung und lautem Fauchen entwischte ich aus dem Wagen und laufe so schnell ich nur kann, weg. Weit weg.

Völlig orientierungslos streife ich durch eine Siedlung. Vorbei an Häusern und spielenden Kindern. Ich versuche ruhig zu bleiben, schließlich war ich schon in München und Burghausen, allerdings war das freiwillig.

Nach ein paar Stunden habe ich mich durch einen Garten geschlichen und nahm vor einer Terassentür Platz. Ich lag in Kauerstellung, meine Pfoten unter meinen Bauch. Meine Augen sind zusammengekniffen, ich fühle mich nicht so gut.

Plötzlich öffnet sich die Terassentür und ein junges Pärchen holte mich in Ihr Haus. Behutsam streicheln Sie mich und eine Frau sagte zu mir: „Hab keine Angst, Luke."

Luke? Sie kennt meinen Namen. Sofort verbreitet sich eine Entspanntheit in mir aus. Sie verfrachtet mich in Ihr Auto und wir fahren mit quietschenden Reifen los.

Wir fahren zum Bahnhof, wo Sie mich rauslässt. Ich bin sehr erleichtert. Leider habe ich in den Polstern des Beifahrersitzes Kratzspuren hinterlassen. Aber bei dem Fahrstil kein Wunder.

Wir verabschieden uns kurz, und ich begebe mich direkt in die Wartehalle. Dort erfahre ich, dass ich es mal wieder meiner Fangemeinde der Gruppe „Du kommst aus Freilassing " auf Facebook zu verdanken habe, das Dat schall glücken und dat mutt glücken, und den schall se ok Glückstadt hetens ich wieder in meinem Revier bin.

Man dachte wie immer, ich wäre ein herrenloser Streuner und man wollte mich in Sicherheit bringen. Ich glaube, dieses Image als herrenlos zu gelten, bekomme ich nicht wieder los.

Ich mache mich erschöpft auf dem Weg nach Hause.
Dort werde ich lieber nichts davon berichten, mein
Frauchen macht schon genug mit mir durch.

Kapitel 9 –
Lesen ist schön:
eingesperrt zwischen Büchern

Einiges habe ich ja schon hinter mir, bekanntlich bleibt mir ja auch nichts erspart.

Es war ein paar Monate, nachdem ich angefahren wurde. Ich hatte mich gut erholt und am liebsten habe ich mich wieder am Freilassinger Bahnhof aufgehalten.

Es war schon dunkel draußen und ich war noch kurz in die Bahnhofsbuchhandlung. Das ist nichts ungewöhnliches für mich.

Die lieben Mitarbeiter stellen mir immer etwas zu fressen und Wasser parat. Auch dort habe ich natürlich einen Lieblingsplatz und anscheinend wurde ich nach Ladenschluss übersehen. Die Lichter gingen aus und ich hörte nur, wie die Tür verriegelt wurde.

Das war für mich eigentlich kein Problem, denn es war auch nicht das erste Mal, dass ich eine Nacht hier verbrachte.

Ich blätterte und schnupperte also in den neusten Tiermagazinen und habe mich schon auf einen entspannten Abend gedanklich vorbereitet.

Doch plötzlich nach einer Stunde ungefähr, gingen die Lichter wieder an und die Türen auf. Man hatte mich vergessen und es jetzt gemerkt. Ich wurde herausgebeten. Wieder einmal habe ich es der lieben Facebookgruppe zu verdanken, dass man mich irgendwie vermisste und ich die Nacht hier nicht verbringen musste. Dankbar huschte ich schnell heraus. Wie schön, dass manche Leute so aufmerksam sind.

Nächstes Mal, könnt Ihr mich ruhig unterstützen, dass ich ein wenig belesener werde. Ja, vielleicht habe ich eines Tages das Glück und es steht ein Buch über mich und meine Abenteuer hier in dieser Buchhandlung.

Kapitel 10 –
Choupette, Grumphy Cat
und die anderen

Rückblickend möchte ich mitteilen, dass ich es eigentlich verdient hätte, auf einer Liste mit den sieben berühmtesten Katzen zu stehen. Denn mit denen kann ich mich schon messen.

Blöd schauen, wie Grumphy Cat oder nur schön aussehen, wie Lagerfelds Katze Choupette, ist doch einfach.

Aber, wer kann schon von sich aus sagen, eine Spritztour durch Bayern gemacht zu haben, angefahren und eingesperrt zu werden, versehentlich entführt zu werden und nebenbei so viel Gutes den wartenden Zuggästen und Mitarbeitern des Bahnhofes zu geben.

Einen ungewollten Bekanntheitsgrad in einer Facebook-Gruppe zu erreichen, beliebt und geliebt zu werden: Das hat schon was. Ich bin sicherlich etwas Außergewöhnliches und auch alles andere als langweilig.

Jetzt ist auch die beste Gelegenheit, um mich zu bedanken. Bei den vielen Menschen, die mir helfen, immer wieder aus meinem Schlamassel heraus zu finden, aber auch die schönen Erlebnisse mit mir teilen. Die mit mir fiebern und mich und mein Frauchen dabei unterstützen, dass ich immer wieder wohlbehalten nach dort zurückkehre, wo ich hingehöre. Ohne die vielen Helfer und Freunde wäre das ein oder andere Abenteuer wahrscheinlich nicht so glimpflich ausgegangen und ich wäre wohl auch nicht mehr hier in Freilassing und an meinem geliebten Bahnhof.

Ich habe dieses Buch geschrieben, für diejenigen, die mich und meine Abenteuer noch nicht kennen.

Ich hoffe, liebe Freilassinger, Ihr werdet mich noch lange unterstützen, dass ich aus der ein oder anderen kniffligen Situation heil wieder herauskomme.

Ich bin gerne hier am Bahnhof. Und sollte ich eines Tages im Katzenhimmel sein, so hoffe ich sehr, dass ich allen, die mich kennen, in guter Erinnerung bleibe. Ihr könnt dann auch gerne den Bahnhof, in „Luke's Bahnhof" umbenennen.

Aber, erstmal hoffe ich, noch viele Abenteuer zu erleben und Euch berichten zu können. Bevor ich es vergesse, hier ist nun meine besagte Liste mit den sieben berühmtesten Katzen. Miau und ein lautes Schnurren für Euch. Euer Luke!

- Garfield
- Tom
- Bob der Streuner
- Lilbub
- Choupette
- Grumphy Cat
- LUKE der Bahnhofstiger von Freilassing!

Kapitel 11 –
Katerfrühstück

Ich ärgere mich mal wieder. Auf meinem Stammplatz auf der Sitzbank in der Bahnhofshalle sitzen doch tatsächlich mal wieder ungefragt Leute. Junge Leute, grölend, lärmend, lallend. Sie beachten mich gar nicht. Dann schnappe ich auf, dass sie von einem Katerfrühstück sprechen. Den Ausdruck hatte ich schon mal gehört, aber was das bedeutet, weiß ich nicht. Also schnurre ich und gehe langsam zum Kiosk. Meinen Bettelblick kann man nicht übersehen. Ein Mitarbeiter, der mich kennt, erfasst die Situation und fragt mich, warum ich so wartend bei dem Lärm herumstehe. Ob ich mitbekommen habe, dass die Gröhler von einem Katerfrühstück gesprochen haben und etwas davon abhaben wollen. Also, Luke, klärte er mich auf. So einfach ist das nicht. Mach dir mal keine Hoffnung. Das ist nur für Menschen, die ein wenig viel oder sehr viel Alkohol getrunken haben. So wie diese Männer hier, die jetzt meine Bank blockieren. Die haben "einen über den Durst" getrunken und wollen ihre Alkoholfahne loswerden.

Salziges und Saures sind beim "Kater" beliebt, Laugengebäck wie Brezn oder auch Rollmöpse, saure Gurken oder Heringssalat sind typische Klassiker am Morgen nach so einer Party. Auch Kaffee – am besten schwarz als Espresso – nimmt man als wirksamen „Katerkiller", weil Koffein den Kreislauf anregt.

Also, Luke, das ist nichts für Dich. Enttäuscht setze ich mich in eine andere Ecke und schmolle schnurrend. Das hat Wirkung, denn ich bekomme immerhin ein Napf vor die Kiosktür gestellt.

Zeittracht Medlen GmbH
Ferdinand-Jühlke-Straße 7
99095 Erfurt, Deutschland
produktsicherheit@kolibri360.de